놀부 놀이

시와소금 시인선 · 145

놀부 놀이

서범석 시집

시와소금

▌서범석 약력

- 1948년 충청북도 충주 출생.
- 건국대학교 대학원 국어국문학과 박사과정 졸업.
- 대진대학교 인문과학대학 국어국문학과 교수.
- 1987년 『시와의식』(평론)과 1995년 『시와시학』(시)으로 등단.
- 시집으로 『풍경화 다섯』, 『흙풀』, 『종이 없는 벽지』, 『하느님의 카메라』, 『짐작되는 평촌역』 등이 있음.
- 비평집으로 『문학과 사회 비평』, 『한국현대문학의 지형도』, 『비평의 빈자리와 존재 현실』 등.
- 학술서로 『한국 농민시 연구』 외 다수가 있음.
- 국제어문학회 회장, 한국문학비평가협회 상임이사 역임.
- 김종삼시인기념사업회 회장 및 김종삼시문학연구회 회장 역임.
- 현재 대진대학교 명예교수, 《시와소금》 편집위원.

모든 형태의 문화는 그 기원에서 놀이 요소가 발견되며, 인간의 공동
생활 자체가 놀이 형식을 가지고 있다. 다른 문화 영역에서는 그렇게도
분명했던 놀이와의 연관성을 서서히 잃어버리는 반면, 시인의 기능만은
여전히 그 태어난 곳인 놀이 영역 속에 굳건히 남아 있다.

— Johan Huizinga, 『Homo Ludens』

독이 든 알을 감춘 사랑의 기술

일방적으로 틈입하는 바람난 불법광고도 허락하는
TV 시사 프로의 음험한 혀와 나 사이의
쏟아지는 웃음에 발 걸고 사진 찍기
등반대회에서 꼴찌 박수를 받아 마시던
머지않아 없어져 하나가 될 둘을 데리고
온기를 찾아 뒤돌아보는 액션은 뒤뚱거리지만
날마다 깨어나는 두려움의 시간에 한 번도 같이한 적 없는 당신
갈라서는 삼거리길은 많이도 있을 것이다
바람결에 꽃길로 굴러가는 비겁한 발자국 하나
더하기와 곱하기보다 빼기와 나누기에 목숨을 거는
잡아야 하는 잡을 수도 없는
끝이 없다는 것과 끝을 모른다는 것 말고는

사전에서 탈옥한 평화와 손잡고 먼 산으로 떠난다

| 차례 |

| 시인의 말 |

제1부 '보다'의 계단 놀이

제2부 개코 낚시질

제3부 학교 놀이

제4부 남산의 주사 놀이

제5부 첫음절 받기 놀이

작품해설 | 전기철

제 **1** 부

'보다'의 계단 놀이

놓치면

바람이 불어오는 강가에서 바람이 불어가는 강가로 놓치는

소금물로 씻은 감또개를 씹는 이빨들 사이로
가난한 화가가 죽어서도 품고 있던 볼펜의 똥을
사막 한가운데를 향해 놓치는
올해에도 봄바람에 꽃 피는 때를 놓치는 풀 한 포기 붓끝에서
놓치는
손톱이었나 손목이었나 하루마다 놓치는 발목인가 발톱인가
나를 쳐다보던 너의 눈빛인가 이마의 주름인가
한 번도 잡아볼 수 없는 한 번도 잡아보지 못한
단단하지도 부드럽지도 않은
잡아야 하는 잡을 수도 없는
놓치면을 사서 놓치고를 팔며 놓치는

겨울
갈참나무 가는 가지들
자꾸 허공을 놓치고 있다

꽃뱀의 하루

희망은 아침마다 모르는 사람들을 향한다
아는 사람들에게 남은 바람은 제로

세 치 혀로 살가운 웃음을 날름거리던 그녀
노리는 것이 오직 땀내 먹은 동그라미야
돈 없는 남자보다 남자 없는 돈이 더 좋다는 여자
눈치채는 데는 몇 시간도 필요 없지

꽃무늬 가죽에 그린 화사한 능수능란
꿈틀거리는 꼬리로 소주잔을 반주하던
그가 가까이 오며 겨누는 것은 알량한 승리일 뿐

한두 번 만나면 알게 되지, 회색 동굴에 도사린
독이 든 알을 감춘 사랑의 기술

둥근 꽃방석을 그리는 부모님의 뜻
내 몸에 달라붙던 아기의 마음

독니로 꼭꼭 물고서

없는 다리로 황혼의 너덜길 스르르 기면서

아픈 목소리 곱씹으며 또 허물을 벗는다

방향 바꾸기

도무지 나올 생각을 안 한다
식물성 메뉴를 밥상에서 모두 빼 버린 어제가 강력한 덩어리로
버티고 있다

이럴 때 쓰는 구세준가,
'쾌변'이라니! 주저 없이 눌렀다
이변은 없다, 물줄기가 항문을 간질일 뿐

죽겠네, 실낱같은 기대를 봐
다시 '쾌변' 클릭에 집중하며 지옥문을 흔들다
땀 흘리며 죽어간 장엄한 서사시를 악물었다

난공불락의 고통성에 금이 가기 시작한 것은 열 번짼가 열두
번짼가
비데의 '쾌변' 버튼은 결국 싸움터의 운명을 바꾸는
도화선, 반채식주의자들의 욕망을 사면하는 쾌변에 물을 붙
인다

지성이면 감천이라 했던가
순방향으론 안 되던 성벽이 끝내 무너지는 소리

휴우 — 눈을 감는다

역방향의 공격으로 변비통이 떠내려가는 소리, 물소리

마이너 리그 친구에게

키 큰 여자와 인연의 짝을 이룰 수밖에 없었다
병든 까마귀 어물전 돌 듯 탐색하지만
나보다 작은 여자는 나무에 올라가 물고기 찾기였지

후배들이 늘 먼저 높은 자리 폴짝 뛰어올라서
언제나 가시방석 같던 책걸상 부수고 싶었다
눈 씻고 찾아봐도 나보다 못한 학벌 가진 놈 없잖아

사내 등반대회에서 꼴찌 박수를 받아 마시던
값싼 체력, 큰맘 먹지만
동창 모임에서 변변하게 술 한잔 살 수가 없더라
친구들이 나보다 모두 잘나가기 때문이지

불평과 불만의 입은 쉴 줄을 몰랐는데
모두 나보다 무거운 입을 달고 있다는 걸
이제야 눈치챘지 뭐야

끝으로 친구 중에서 제일

늦게 하늘나라로 갈까 봐 걱정이다

빠르게 더 빠르게 날고기는 인간들 뿐이라서

놀부 놀이

　지하철 문이 닫혀 순간 절망하다가 다시 열리는 문틈으로 쏜
살같이 승차하는 행운을 물고 찢어지는
　아가씨의 입에서 쏟아지는 웃음에 발 걸고 사진 찍기
　아직 어린 여자 가수가 시달리다 죽었다는데, 거기에다 bad
tweet 또 날리는 즐거운 인생
　남의 집 애호박에 말뚝 박기 좋아하던

　딴전 부치려는 플라타너스 아래 쇠똥구리 말똥구리 여러분께
　새벽마다 스마트폰으로 '카톡카톡'을 쏴 보내는 글쟁이 론
박사의 예절 뚫는 화살

　꺾어라. 늦가을 이제라도 푸른 잎을 달아보는 어린 아카시 나
무 머리 없는 겨드랑이 가운데에 살짝 내려앉아 불콰한 얼굴로
지쳐가는 단풍잎 하나 걷어차는
　불붙는 데 부채질하기

　아이, 참, 재미없다. 빚값에 계집 뺏기

밤마다 빠지는 어지러운 스마트폰 게임

데큿길

경포대 해수욕장 데큿길이 남쪽으로 걷는다

왼쪽은 하나의 검은 바다뿐
오른쪽은 호텔과 횟집 즐겁고 환한 동네
가끔 파도 부서지는 소리만 어둠에 잠기는 좌
휘황한 불빛과 연인들의 환희 또는 환호의 우
밥 냄새와 바다 냄새로 갈리는

전깃불보다는 어둠의 파도소리가 더 버티리라
확신을 송신하는 별빛을 따라

난해한 모랫길을 덮어 중간을 걷는
동해물과 횟집거리를 두 어깨에 붙이고
모래 때문에 잡초 때문에 걷기 어려운 양쪽을
머리로 가슴으로 배꼽으로 잡아맨

머지않아 없어져 하나가 될 둘을 데리고

둘이면서 하나인 밤길이 새벽으로 향한다

대소원(大召院)

이태원, 사리원, 장호원, 조치원 등에는 옛
역원(驛院)의 꼬리가 노선도에 붙어 있다

대소원도 그렇게 설레는 마을이었을 터이나
무엇이 앞을 막아 지금처럼 한산할까
궁금해서 그리워서 승차권을 예매한다

사람들이 말 갈아타던 달맞이꽃 플랫폼
큰 부름을 두루마기 속에 넣고 달리던 상하행선
객창에 그리움의 낙서를 흐리던 구름

아버지의 위 그 위의 할아버지들이 하룻밤을 지새며
한 달 일 년 그리고 수백 년을 만들고
달리며 서고, 서고 달리다가 아주 짐을 푼
대소원, 그리움의 큰 꼬리를 빈 좌석에 앉힌다

떠남은 곧 만남이 된다지만
검표원도 역무원도 보이지 않는 열차

기다리는 사람도 없는 곳을 향해 떠난다

불멸

엄마의 예쁜 젖을 땀 흘리며 빨았다
소주와 함께
허겁지겁 두루치기를 먹는다
손녀가 건네주는 뻥튀기를 미소로 먹을 것이다

도토리 모자를 쓰고 붉은 잎 참나무가 처음으로 눈을 떴다
더운 여름 푸른 잎
참나무가 하늘 향해 눈을 뜬다
서늘한 가을 누런 잎 참나무가 땅을 향해 눈뜨고 있겠다

아침 해에 눈을 찡그리며 박 달린 초가지붕이 일어났다
안개 속에서 눈에 힘주며
하이브리드 자동차가 일어난다
청명한 하늘에 구름 몇 줌 뿌리며 자전거 페달이 일어날 거야

어머니는 비방을 건네며 나의 불멸을 상정하셨다
아내와 나는 어제도 오늘도

나아감과 물러섬을 절충한다

그날 돌부처는 삶과 죽음을 중도에 빠뜨릴 것이다

물폭탄

어딘지도 모르는 곳에서 순식간에 날아온 물폭탄
겁도 없이 내닫는 대원들을 머리부터 내리친다

빠르게 달리는 작은 배
작아야 빠르게 달릴 수 있고 빨라야 큰 놈을 잡을 수 있다
방검부력조끼를 입고 안전 헬멧을 쓰고
모국의 모항을 떠난 모함과 나뉘면서
우선 물폭탄으로 두려움을 씻고 용기를 덧입혔다

물 위에 떠서 바다를 훔치는 놈들을 다잡기 위해
물 위를 날아가는 배가 물과 부딪쳐 터트리는 물폭탄을 뒤집
어쓰고
커다란 물방울 같은 위기의 바다를 지키겠다고
40㎜비살상탄을 장전하고
투척형섬광폭음탄을 터트리며
작은 배
잃어버린 안전과 표류하는 주권을 건지려고

물속으로 뛰어든 표범처럼 법을 뭉개는 적선(賊船)을 문다

성난 물폭탄이 되어 몸을 부수고, 적을 안는다
목숨이 어둠에 빠지기 전까진 K-5권총은 뽑지 않는다

분노의 무대

막이 오르면 김춘수의 '꽃'이
나태주의 '풀꽃'을 불러내 따귀를 때린다
— 이름도 모르면서 예쁘다고 흔들지 마라!
'풀꽃'은 모둠발차기로 대항하면서 외친다
— 너의 '꽃'은 이름이냐? 나보다 더한 놈아!
뒤에서 김영랑의 '모란이 피기까지는'이 관을 뚫고 일어난다
— 모란이 내 이름이다. 이름도 못 밝히는 것들아.
찬란한 슬픔의 시간뿐이라며 흐느낀다. 암전

헨델의 합주협주곡 No 6, Musette : adagio가 깔리면서
김수영의 '꽃잎'이 저밖에 모르면서 자랑이냐고, 침을 뱉으며
등장
— 이름이 중요한 게 아니라 죽음이 귀한 거야!
가느다란 목소리로 공간을 빨아들인다
— 한 잎의 혁명이다, 고뇌로 금이 간 꽃밭 위에

시간의 밧줄에 묶여 끌려가는 시인이 울부짖는다

시내버스를 머리로 받아치며 막이 내린다

'보다'의 계단 놀이

엄마의 따뜻한 어둠으로부터 추방된다
도망할 수도 없는, 눈만 뜬, 아기 술래
슬라이드는 1층의 산만한 회벽을 반사한다

온기를 찾아 뒤돌아보는 액션은 뒤뚱거리지만
젖 먹는 힘으론 의미를 연기할 수 없어
소리가 휘발된 몸부림으로
무성영화의 2층 계단에 매달려 스크린을 건넌다

자꾸 잡아당기는 엄마의 목소리가 말을 가르치네
3층에 펼쳐지는 흑백의 쇼와 토키 시대
눈도 귀도 반짝 번쩍 보고 듣고 사랑이지

가갸거겨 선생님의 가르침으로 세상을 읽는다
글이 다운로드하는 시네마컬러의 영화, 4층에선
다투던 시간과 공간이 하나로 놀아나지

시인의 수퍼 울트라 망원경은 할부로 구매되지

계단을 박차고 떠올라 완성하는 무제한의 드론

안내판의 속내

오른쪽 길 막혔는데
'자전거는 우회'라 써 놓고
왼쪽으로 화살표 그린 안내판의 속셈을 모르겠다

갱년기 여성에게 더 좋은 '다시, 여자'
또 여자로 살라고?

일자리 알림의 급소는 급여인데
모두 핵가족 식비도 안 돼 보이는
낮은 일자리만 찾아가라는 시청의 친절한 안내

대학로에 번쩍이는 '소년소녀술싸롱' 간판
아줌마 아저씨들 들어가도 되나요?

'안전제일' 붉은 글씨 수렁에 빠지네

전기톱날에 잘려 쓰러진 아카시나무에 돋아나는
새파란 이파리들

살라는 거야 죽으라는 거야

나무학교 예덕이

사전마다 이름에서 한자가 증발된 '예덕나무'의 정체는
지각생이다. 이름난 지각대장 배롱나무보다 더 늦은
잎의 등교
환영은 네가 받으라고 모두에게 양보하는 예덕(睿德)인가
늦어서 부끄러운지 선홍색으로 얼굴 붉히다
차츰 초록으로 화합하며 음악시간 꽃피울 준비를 하지

꽃받침을 펼쳐야 암수를 알 수 있는
연한 노란색의 비밀가방을 멘
은은하고 깊은 향기를 갈앉히며 늦봄 교실에 들어서는
예덕(禮德)이다. 천천히
꽃의 방학과제를 노트에 적으며 까만 열매를 그리지

하느님께 받아온 약봉지 바지주머니에서 꺼내
나머지공부 시간에도 제약실습에 매진하는
복통 치질 염증 종기 결석 등을 지우는 연습
거친 땅에서 똥지개나 졌다던 예덕(穢德)선생이신가*

* 연암 박지원의 소설 『예덕선생전(穢德先生傳)』의 내용으로 선굴자 이덕무의 벗 엄행수 이야기다.

제 **2** 부

개코 낚시질

나를 향해

은발머리에 검은색 마스크를 쓴 하얀 피부 아가씨가

지하도에서 또박또박 걸어와요, 자꾸 걸어와요

황색 피부에 검은 타투를 한 아가씨도

안 되면 되게 하라, 빨간 명찰의 군인 아저씨도 노란 웃음을
씹으며

적은 적일 뿐이라고 씩씩거리며 착검을 하고 찔러와요

약속을 배부르게 잡아먹은 사마귀도

무당벌레와 핫라인을 설치한 구름을 타고 어둠을 건너

검증된 바 없는 백신을 좌뇌에 꽂겠다고

한 번도 참을 실어본 적 없는 말의 포문을 열고 달려와요

날마다 깨어나는 두려움의 시간에 한 번도 같이 한 적 없는
당신

또, 여기 오늘도 없음으로 꽉 채운 불멸의 당신이

착한 괴물

코와 코를 맞대고 뜨거운 숨을 내뿜으며 아니 서로 들이키 면서 나누는 열정의 키스, 아니야 책가방이 귀여운 이빨을 내놓고 동화책의 가나다라코를 잡아 가두는 숨 막히는 포옹, 아니야 부대찌개 안에서 솟아나는 라면사리의 김 서린 하얀 활등코 따라 좁쌀눈 마누라에게 건네는 김 부장의 눈웃음, 아니면,

자아 출석 부른다. 어젯밤 가족 고스톱에서 판돈까지 싹 쓸어간 주먹코, 예. 금년도 수퍼카 경연에서 우승하고 그날부터 콧수염이 간지러운 벽장코, 넵. 1년 만에 아비뇽에서 삼천억 달러를 물어온 투자의 귀신 요즘 자선바람개비 물고 달리는 들창코, 네에. 칠전팔기의 가운을 씹으며 30년 만에 금메달 걸고 금의환향한 권투선수 주먹코, 네네. 잼잼 먹고 도리도리 먹고 곤지곤지 먹는 사랑스런 아가의 벌렁코, 넹

왜, 사람들의 코에는 모두 괴상한 이름만 붙는 걸까요, 매부리코 할아버지!

너 없인 못산다는 신발의 코를, 너 없이도 잘 산다는 얼룩말코에 녹여 붙이는, 배고플 때 찾아오는 곰보빵의 코를, 배부를 때 찾아가는 산낙지의 신발코에 얽어매는, 아침마다 비린내를

쏴대는 신문의 코를, 삼천 년에 한 번 핀다는 우담바라 꽃의 콧
등에 접붙이는,

내력

아무것도 모르면서 엄마의 젖가슴을
두 손으로 잡고 빨았지
돌잡이 상 앞에선 붓도 돈도 화살도 아닌
명주 실타래 집어 들고
까르륵까르륵 웃었겠지

'바둑아 바둑아 안녕'을 그리느라 연필과 손씨름도 하고, 순이 손잡고 돌아오는 길에는 가재 여남은 마리 버드나무 가지에 꿰어들고서 신나게 노래도 불렀지. 젊은 날에는 굳게 손잡고 걸었지. 손잡을 수 없는 놈이라고 속으로 욕하면서 다정한 척 손잡고 흔들면서, 수십 년간 펜을 들고 수백만 글자 어루고 달래면서 — 이것 치고 저것 막고 요것 올려놓고 조것 돌리면서 — 마흔 쉰 그리고 일흔, 쌓고 또 흔들면서 섞으면서 저으면서 묶으면서 나누면서,

어떻게 어떻게 살아지더라
그렇게 그렇게 사라지더라

평생 잡았어도 빈손이다

무지막지한 동굴

　때도 모르고 곳도 모르는 좌표에서 떠다니고 있나 봐 어제까지 눈이 있었는데 지금은 없고 귀만 남았나 봐 그러니까 보이는 건 없지 들리는 건 있어 그래서 반쪽인가 봐 반쪽의 손을 잡고 아니 손에 기대면서 가는 건가 봐 그렇지만 손의 주인도 눈이 없나 봐 들리는 것에 대하여 의견을 나누면서 어둡고 습한 깜깜하고 조용한 조용하고 기괴한 괴롭고 무서운,

　뒤를 돌아보세요, 사자바위. 사자 입이 내 키의 두 배야! 이 구멍은 바람이 팠을까 물이 팠을까, 나를 밀지 마세요, 유도탄보다 더 큰 독수리의 부리가 나를 겨누고 날아온다, 피해! 안 보여도 독수리눈이 쏴대는 빛의 소리지, 위를 보세요, 마리아상. 마리아는 왜 공중에 떠 있는 거야, 미끄러지는 내 발을 잡을 줄도 모르면서. 어, 여기 논두렁도 있어, 힘도 없는 논두렁의 평화, 아래로 굴러 떨어지면 선녀탕이래, 선녀는 첨부터 없었겠지, 언제까지 내려가야 해. 박쥐다! 눈을 가려, 아니 귀를 막아, 느린 물이 만든 '울퉁'과 빠른 물이 만든 '불퉁'만이 모두를 다스리는,

　소리 없는 하얀 눈길에 수소차가 걸어가는, 탱크조차도 순식

간에 기화시켜 버리는 나노로봇이 덮쳐오는, 굵은 빗소리가 점
령하는 바다 위에서 바람을 낚는 어부의 슬픈, 먹을 만큼 춘추
를 주워 먹고도 제 젖병이나 빨고 있는 올드 보이들이 보지도
듣지도 못하는, 빛의 속도로 수억 년을 달려가야 닿을 종유석들
이 가로막는,

클로즈업 스크린 아래

자기야, 내 몸 어디라도 많이 만져 줘
그 말 가장 값진 선물이라는 칠복이
찢어진 입이 귀에 걸리는, 아래

엄니, 이 자랑스러운 몸 주셔서 고마워요
그 아들의 장지에서 쓰러지는 신산댁
쌍가락지 손마디가 땅을 헤집는, 아래

어미야, 떡두꺼비 같은 손자 쑥쑥 낳아
무럭무럭 스카이대로 입영시킨 훈장
더 바랄 것 없다는 시아버지의 이 빠진 잇몸, 아래

여보세요, 유부남과 만나는 그런 여자 아니에요
그럴 수는 없다는 돌싱녀의 찢어진 밥숟가락

늘 늘 늘 하늘 아래 귀한 몸의 맨 아래
떠나지 못하면서 비집고 도는 땅의 얼굴 위

살떨림의 무한곡선을 업고 언제나 생략되는, 발

투명인간이 날 데리고 논다

　손을 들어 날벌레를 쫓으려는데 난데없이 내 팔을 얼굴 쪽으로 밀어버린다
　엄청난 힘과 속도를 견디지 못해 내 귀는 내 손톱에 찍혔다
　피가 나고 너무 아파 눈물이 주룩 흘렀다, 그게 시작이었다

　직진하려는 핸들을 제 맘대로 꺾어 다리에서 자동차를 추락시키려 한다
　일곱 시간이나 안간힘을 쓰고 올라온 두타산 정상에서 내 눈을 안개로 가리고는 아무것도 못 보게 심통이다
　오매불망 삼년 세월 그대에게 전하는 내 혀를 잘라 입원시키는
　망망대해 바람 부는 갑판에서 갑작이 바다로 등 떠미는
　정체파악에 열중하는 내 코를 잡아 당겨 독하고 역겨운 가스통 입구에 잡아매는

　더 이상 늘어놓을 필요도 없다
　아야야, 어구구
　보여야 무슨 대책이라도 세우지, 귀신이냐 하느님이냐

아파, 무서워, 죽겠어, 끝은 어디야

오랜 벗들

걸어야 산다고 매일 나를 데리고 들로 산으로 헤매는 당뇨, 어머니가 소개해 준 이놈이 고행의 뼈다귀며 삶의 근육이다

먹었으면 반납해야 한다고 거꾸로 기어오르며 밥줄을 할퀴는 역류성식도염은 매일 아침 도덕선생님으로 메이크업하고 열연 중이네

못 볼 것 가득한 세상을 향해 끓는 코로 재채기 기침 폭탄 터 트리는 트러블메이커, 알레르기성비염이 언제나 스트레스를 함 께 날리는 친구지

힘들어도 꺾이지 말라고, 결절종(結節腫)이 오래된 미움들과 손잡고서 굳히는 옹이에 마디. 꺾을 수 없는 고집으로 이겨야 한다고 힘을 북돋우는 놈이야

무거운 머리의 무게 오오래 견디느라 마디마디 뒤틀리며 무너 지고 끝내는 붙어 버린 척추협착증. 절룩이면서도 끝내 걸어가 고야 마는 오기를 불러일으키네, 등마루의 사랑

두어라 이 다섯 밖에 또 더하여 무엇하리,* 이슬 맺힌 소풍 길 다섯이면 족하다

50

이놈들을 모두 이 잡듯이 잡겠다고, 낯선 여의사는 칼 들고
달려들지만

* 윤선도의 「오우가(五友歌)」에서 따오다.

반납

아침마다 화장실 들러 속엣것들을 반납하듯이
식당에서 나갈 때는 밥그릇을 반납하는 법
그것은 비어 있다

이 세상 뜰 때는 몸을 반납하는 것이다
그것도 비어 있어야지
기름때 묻은 나이를 다 먹었으니까
나이에 물들던 욕심만큼 잘도 먹었으니까

저 세상 가기 전에 내 마음도 반납해야 한다

그래, 텅텅 비어 있어야 해

바닥까지 긁어서 남김없이 너에게 다 주어서

개코 낚시질

개코를 미끼로 낚시질에 나서면, 먼저 기생집 들러 기름진 요리 냄새를 씹다가 먼저 온 놈보다 먼저 춘심이의 분내를 집어 삼키는 놈의 아가리를 바늘에 꿴다. 잡아챈다. 살림망에 가둔다

썩을 놈들 사는 동네로 순간이동하면, 이놈 실세, 저놈 실세, 냄새 나는 놈들 앞에 놓인 비밀서류강물에 낚싯줄을 던져 놓고 찌가 서기도 전에 물고 빠지려는 혼혈 지라시, 교접 살생부, 혼합 비자금 등의 진실이 지느러미를 흔들면서 물살을 뒤집는다. 무겁다. 천천히 기다리며 가까이 당기다가 순간적으로 낚아챈다.

혹시나 하고 공원 꽃향기 속으로 봉돌을 던져본다. 쿵쿵 두어 번 하고는 이놈이 콧구멍을 닫는데, 억새꽃이 달려와 꼬리를 쳐도, 달맞이꽃이 달려들어 향기를 뿌려도 졸린 바람에 몸을 맡기고 흔들거릴 뿐

그래, 그만하자. 낚을 건 다 낚은 셈, 그냥 비염공장인 내 코로 연못에 떠 있는 수련꽃이나 사진 찍어 올리며 시간의 냄새나 낚는 거지, ㅎ

삶은계란

삶은 계란이지요

물이 팔팔 끓은 후에도 8분 정도
뜨거운 물속에서 더, 혼절해야 하는
불에서 내린 다음 바로 찬물 속으로 미끄러지는
온탕 냉탕 산전수전 다 겪은 끝에
그래서 목숨의 낌새까지 흔적 없이 사라진
그래도 멀쩡한 얼굴로 버텨야 하는 계란이지요
그래봐야 이삼일 안에 껍질이 깨지고
사람들 목구멍으로 넘어가는 일회용 간식으로나
스러질 알, 칼로리가 낮아 다이어트에 좋다고
무슨 아미노산이 풍부한 면역력 증강 식품이라고
해마를 발달시켜 치매예방에 좋은 음식이라고
먹히고 또 먹혀도 그뿐인
씹어도 씹혀도 목마르고 팍팍한
썩은 향기로 머리 풀고 흩어지는

삶은계란이지요

결국은

부처께서 문자 메시지를 보내왔다
"될 인연은 그렇게 힘들게
몸부림치지 않아도 이루어진다."

선사는 허리를 굽히며 두 손으로 문자를 들고
"나무아미타불[南無阿彌陀佛]"

나무아미타불?
인터넷으로 검색해 본다
"아미타불에게 돌아가 의지한다는 뜻"

다시 아미타불[阿彌陀佛]을 찾아보니
"서방 정토의 극락세계에 머물면서 불법을 설한다는 대승 불
교의 부처"

엥!
거기서도 설법을 하고 또 들어야 한다면

그곳이 극락세계라?

'사는 게'와 갈라서기

스마트폰 문자 보내기 자판에서
더, 잘, 된다 등이 우연히 나타나는 것을 보면서
아무거나 골라 이어가는 문장 만들기를 한다

사는 게 더 좋을 듯한데 나 지금 루빈이와 함께 즐거운 주말
보내세요
사는 게 잘 챙기고 좋은 날에 대한 오랜 수업이다
사는 게 된다 오후 서울 지하철 안에서 서로에게 보내는 희미
한 미소다
사는 게 더 이상 행복권을 무시하는 자식이라면 누구나 아는
사람 엄청 많이 먹 기 다
사는 게 잘 지내고 있어요 가만히 있으면 방학이야 ㅋㅋ
사는 게 된다 이 답답한 발길 꼬시래기 때문에 더 많이 사용
하지 않았는가

갈라서는 삼거리길은 많이도 있을 것이다
무슨 걱정을 하는가

아름다운 독재

흰 눈 위의 사람 발자국 하나둘
그냥 따라갑니다

앞 사람의 그림자 위에 얹힌 구름 발자국
요술 지팡이 함께하는 안개 발자국

우듬지 눈꽃에서 노래하던 참새 소리 또 따라갑니다

자동차 검은 보닛 위의 외로운 고양이 발자국
찬바람 끌어안고 열심히 따라갑니다

바람결에 꽃길로 굴러가는 비겁한 발자국 하나
그냥 뒤따라가기로 합니다

오만 원짜리 지폐 굴리며 달리는 바람 발자국
개코로 냄새 맡고 꼬리 흔들며 따라갑니다

제 **3** 부

학교 놀이

네가 양보하는 거야

길가에 앉아 흙놀이에 파묻힌 아기들을
또랑또랑한 초등학생들이 조잘조잘 비껴간다

흰 다리를 절룩이며 무거운 엉덩이를 옮기는 할머니를
이어폰으로 귀 막고 달려가는 청년이 제비처럼 스쳐간다

자전거에 쌀자루 달고 삐걱거리는 아저씨를
오토바이가 쏜살같이 앞지른다

헬멧 따위로 안전을 쓰고 달리는 오토바이를
승용차 모는 놈이 피해 가잖아
작고 낡은 차 몰면 커다란 새 차 모는 놈이 쌩하고 앞서간다
영락없이

넌, 잘 나가는 놈이잖아

한강이

난데없이 뛰어든 사나이를 서늘한 품에 안고
남루하진 않았던 그의 옷부터 씻는다
남보다 훨씬 뛰었던 그 가슴의 남성까지 씻는다

아침마다 일어나 부지런히 불공정을 겨누던
그의 넥타이에 매달린 자존심을 씻는다
빛나던 병장 시절 계급장에 붙어살던
불평등도 불만도 원한까지도 씻는다
서울 땅끝에서 땅끝을 가로지르며 밤새워 뒤척인다

허울뿐인 아버지들을 몰아내지 말라며 호소하던
군 가산점을 살려내자던
늠름했던 꿈을 싣고 절룩거리던 발가락들까지
밤낮없이 사흘 동안 씻었다

들어왔으면 내보내야 하는 물나라의 물법 때문인가
사람이 물 고기밥이 돼서는 안 된다는 인도적 판결인가

한강은 사내의 무거운 몸과 마른 혼을 물 밖으로 석방했다

더하기와 곱하기보다 빼기와 나누기에 목숨을 거는
사람들에게
남자와 여자를 가르는 구분과 차별을 끌어안고
백 사람의 백 가지 아픔 모두 씻느라
한강이 구름 짙은 하늘에 눌린 몸을 뒤튼다
흐른다

호흡기내과 위기 씨의 자력선관

죄수들인 양 길고 긴 날 강력한 자장에 갇혀 줄을 서는
마스크들 무섭다, 서로
눈만 내놓은 괴물들이 쏘아대는 눈빛가시에 찔려

사람이 나타나면 땅벌 만난 듯 재빠르게 피해 가지
N극과 N극처럼 마스크가 마스크를 밀어내는
S극과 S극처럼 사랑이 사랑을 막아버리는

텅텅 비어가는 홍대 앞 기쁨의 자력선 안에
손님 끊긴 가게들이 마른걸레를 들고 서서
밤새도록 사람들을 부지런히 닦아낸다

S극과 N극처럼 환자로부터 나에게로 찰싹 달라붙은
COVID-19, 다 나았는데도 병원에서 일한다는 공로로
던져진 오리알인가, 친구들까지 만남을 꺼려 혼자 구르는

먼저 알아서 그리운 가족들도 만나지 않는다

만나지 못한다, 살아도 삶이 아닌 저주의 몸뚱이
미치도록 밀어내고 당기면서 강물에 뜨는 오리알 자석

* 자력선관 : 자력선으로 둘러싸인 공간 부분

끔찍한 사랑

정말이지 단 한 번도 만난 적이 없어
어떤 화상인지 무슨 말을 쓰는지는 물론
고향도 부모도 나이가 몇 살인지도. 모른다

자신이 살기 위해 나에게 기댈 수밖에 없다고
내가 죽으면 따라 죽을 수밖에 없다며
듣기에도 섬뜩한 소리를 바람결에 날리면서
사랑하겠다고, 소문을 앞세워 달려오고 있지만
꿈도 취미도 아니 아무것도. 모른다

기생도 아닌 것이 기생하겠다고
걷지도 뛰지도 달리지도 않고 들이닥치겠다니
와서는 치명적인 고열로 내 몸을 달뜨게 하고
미친 키스로 내 목구멍을 죽도록 헤집겠다니
무섭다 난 정말 맹세코. 널 모른다

유라시아대륙을 휩쓸고 그 담 다음도

순식간에 랜덤으로 출몰하여 하루에 수천 명씩 쓰러트리며
일용할 양식이 샘솟는 공장도 학교도 교회도 문 닫게 하고
비행기도 배도 마구 잡아 세우며, 나를 찾아내란다
알 수 없다 미치겠다. 모른다고!

이런 비현실적 사랑과
이런 억울한 현실을 참을 수 없어
세상의 소식통과 책방들 탈탈 털어서 이름만은. 안다
COVID-19
웬수가 나를 몰라보도록 마스크 한 장에 운명을 걸고
막아서야 하는 두꺼운 어둠 속에서
그래도 늠름하게 두 눈을 부릅뜨고 이 땅에 서 있는데,

수신 거부

수요일에 연락이 없으면 불합격인데, 연락이 없다
목요일 아침에는 '정말 안 된 거구나', 마음을 달랬지만
믿음의 텐트가 뽑힌 모래언덕의 서늘한 바람뿐

목요일 밤이다, 그에게서 사업계획서를 보내라는 이메일
누굴 놀리나, 그래도 전화는 해 봐야겠지

— 네?
— 선생님 선정되셨어요! 문자로 알려 드렸는데요.

그 문자가 어디로 도망한 건가, 등록된 그의 번호
어, 몇 번이나 막아 버린 표식
이상한 번호에 당하지 않으려고 내가 수신 거부한

약인 줄 믿었던 스마트폰, 네가 병이다
이름값도 못하는 진실한 기계. 너무 올곧다

일방적으로 틈입하는 바람난 불법광고도 허락하는

끼리끼리 주고받는 담장 안에서 죽음까지도 중개하는

스트레스

굉장히 바쁘신 모양이네, 시속 140㎞?
너무 서둘면 저승에 빨리 간다, 이 사람아!

거기서 끼어들면 어떡해
그 선 넘으면 안 되잖아, 이놈아!

어, 어어, 갑자기 서면, 난
죽으란 말이냐, 이 자식아!

오른쪽 깜빡이 켜고 자꾸만 왼쪽으로냐
이 개× 죽고 싶어? 미치겠네!

아이, 이 ××!
잘 가고 있는 차를 와서 박네, ×자식!
아, 정말 …

언제나 욕이 스스로 튀어나오는 운전, 그러나

혼자가 아닌 때에는
절대로 욕하지 않는다, 맹세코!

매일 내리고 싶은 역

놀다가 해가 지면 엄마 품으로 돌아오라

─매일매일 방학하는 방학역에 내려야지
* 이놈아 정신 차려, 방아 찧는 동네야
─길한 소리 좋은 소리 길음역에 갈 테야
* 그래그래 하루 종일 물소리 좋다지만…
─고운 여자 순이 사는 군자역으로 갈거나
* 미친 소리 하지 마라, 왕비 아들 순산한 곳
─답답할 땐 마장역에 승마하러 가야지
* 목마장 있던 곳, 버스 터미널도 떠났다
─목마르니 옥수역 눈 아프니 약수역
* 지난 얘기 하지마라, 옥수약수 아파트뿐
─황금의 땅 여의도로 행복 잡으러 갈 테야
* 하루 종일 내 섬 네 섬 싸움질 끝이 없지
─그러면 멀리 나가 고덕역으로 가야지
* 역성혁명 비웃고 벼슬 버린 높으신 덕
─그리고 하늘 섬기는 봉천역도 괜찮지

* 노을의 관악처럼 하늘을 받들어라

모든 동네 마땅찮아 나라 앞일 빌어본다
안심 안녕 안국역에 매일같이 내리고저

모래알을 낳다

때때로 저절로 의자에 앉는다
때때로 저절로 보인다
남의 잔칫상 받아놓고
늘어지는 말, 씀,, 말,,, 씀,,,,

모래무지 잡을 때
모래가 낳은 모래알 한 줌이면 됐었지

핑크빛 글씨로 겨누고 있는 임산부보호석
바늘 위에서 코를 고는 할머니 또는 할아버지
열여섯 살 남학생 또는 여학생

온몸이 끓어 알을 낳는다
나를 보고 역주행으로 달려오는 운전자
쫙 모래알이 돋아 껄끄러운 벽을 두른다

맑은 물 모래무지 등의 얼룩글씬 잘도 읽혔지

미끄러운 살결을 모래로 싸잡았지
꼼짝없이 붙들려 모래 속에서 발발 떨었지

압박할 수 있어도 화합할 순 없도록
모래알은 모래알과 몸을 붙이고
너와 나의 틈에서 중도론 펴며
무신경과 몰염치의 양쪽 가슴을 밀지, 할퀴지

사람 사람에게 지친 몸은 틈틈이 모래알 낳는다
자연출생의 모래알로 피부를 숨긴다
톡톡 쏘는 모래알로 접근금지 사격이다
내가 모래알을 낳고 모래알이 나를 가둔다

바람떡

입에 넣고 베어 물면 호로록 바람 빠져나오는,
바람으로 맛을 부풀리는 떡은 오직 바람떡

얼굴은 갸름한 초승달 가슴엔 바람 가득
그 바람에 껍질 벗겨 만든 팥소를 담고
심란한 속을 끓이며 셋방을 얻어
열여덟 어린 나이에 시집가서는

깨끗하고 보드라운 쌀가루 뽀얀 마음
만나는 사람마다 한 입씩 나눠 주며
끓는 물로 반죽을 되게 하여 쪄내던 시집살이
뜸 들인 뒤 꺼내어 절구질로 으깨던 가난

아들 없이 딸 다섯만 비비고 벗겨 바짝 잦힌 다음
주걱으로 달콤한 팥고물 짓이겨 갈쭉하게 빚고
센 불에 찐 차진 쑥반죽 치대고 반지르르 참기름 발라

그 많은 세월 동안 알싸한 바람으로 공글린
착하고 참되고 부지런하고 굳세며 사랑스러운
용미 용란 용숙 용근 용옥 구슬 다섯
용용 죽겠지 하느님아,

귀신은 떡으로 사귀고 사람은 정으로 사귄다는데
따뜻한 바람으로 입맛 한껏 부풀린 홀어미 누님

힘 빠진 목소리로

17번 옷장에 옷을 벗어 넣는 중
의자에 앉아 양말을 벗는데
— 손 …
노인의 목소리다
네 칸 건너 7번을 사용하는 할아버지
오렌지주스 병마개를 얼른 열어 드렸다

욕탕에서 눈을 감고 반신욕에 빠졌는데
— 발 …
그 목소리다
발 한 쪽 걸려서 못 들어오는
힘없는 다리를 안으로 조심스레 들였다

목욕 끝내고 나오니 먼저 나온
그분 꾸물거리며 옷을 입는데 너무 어렵다
나는 발에 걸리는 팬티를 잡아 올리고
머리에 걸리는 러닝셔츠를 잡아 내렸다

— 미안 …

처음으로 얼굴이 얼굴을 본다

손발이 제 구실을 다 못하는 나이로 발성하는

언제까지

제 맘대로 휘젓고 싶으니까 식탁에 앉은 할머니한테 붙어서
안아줘!
음식 흩뿌리는 재미인가 먹고 살기 위해선가
안아줘!

제 맘대로 달리고 싶어 운전석에 앉은 할아버지 옆구리에 매
달리며
안아줘!
놀이를 위해서인가 운전자가 되고 싶은 것인가
안아줘!

제 것이 아닌 것을 제 것으로 만들고 싶어 누나를 채근한다
안아줘!
누가 임자인 줄도 모르는 난폭한 왕자님이 장난감 낚아채고
안아줘!

제 능력이 없으니까 갈 길 바쁜 아빠를 막무가내 막아선다

안아줘!

높은 천장을 향해 날겠다고 두 팔을 크게 벌리며

안아줘!

제풀에 지쳐 엄마 품에 안겨서 행패를 부린다, 안아줘,

안아줘!

안았는데도 또 안으라는 바보. 조국의 평화를 위해 꿈나라로
가려나 보다

안아 주 어,

방 안에 불을 끄다

마지막으로 텔레비전을 끈다
당장 어둠이 세상 다 베어 먹는다
옷장이 침대가 액자가 차례로 먹힌다

보이는 게 아무것도 없을 줄 알았지
눈을 감고 어찌 살까 걱정했지
눈을 뜨자 액자가 침대가 옷장이 차례로 실눈을 뜨네

맞은편 104동 여러 개의 창문을 넘어
이쪽 어둠 몰아내려 어깨 낮추고 기어드네
모르는 이웃들이 말없이 나눠주는 빛

달과 별도 먼 곳에서 달려오네
너무 멀어 희미해도 선명한 하늘 내음
창틀에 기대어 기웃거리네

하루를 닫고 조용히 방 안에 불을 끈다

갑자기 달려온 방 안의 깜깜함

푸르게 아늑하게 구름처럼 환하다

학교 놀이 — 넵!

다투고 있는 가을단풍과 저녁노을을 선생님이 부르셨다
늬들 또 서로 이쁘다고 우기는 거지?
네
꽃보다 아름다운 지구의 꽃, 또는 꽃보다 아름다운 하늘의
꽃이라고
네, 네

그래봐야 단순히 붉은 얼굴 가지고 뻐기는 거 알지?
네에
둘 다 엔트리넘버 꼴찌라는 건 알고 있니?
— 네
이제 곧 날이 저물 거란 걸 알고 있지?
— — 네
깜깜한 곳에서 다시는 싸우지 못하겠지?
— — — 네
이 길이 어제의 꽃과 새와 바람이 지나간 길임을 알겠지?
네 — — —

집으로 돌아가 봐야 둘 다 우주네 집 한 점일 뿐!

어떻게 되었을까요

하느님이 죽어서 부고가 왔습니다
아무 일도 일어나지 않았다

유정란 한 판을 한꺼번에 먹었습니다
삼십 마리의 병아리가 태어나지 못했다

억울한 옥살이 20년 견디고 나온, 허씨
앞에는 어떤 영화도 상영되지 않았다

할아버지, 샤브샤브 먹고 싶다요
그럼 먹어야지
그런데 독이 들어 있단다
그렇게 가득한 독을 사랑하는 식당밖에 없단다

모든 인간을 CCTV로 밀착 감시했습니다
지구상에 인간은 남아 있지 않았다

제 **4** 부

남산의 주사 놀이

계곡을 걷는다

계곡이 날 부른 건지 내가 계곡을 찾은 건지
잘 모른다

계곡은 날 끌어안고 아니 날 풀어 놓고 아니
꼬집거나 할퀴거나
조르거나 쥐어짜거나
물을 끼얹거나 낭떠러지로 굴리거나

계곡은 다른 계곡과 손을 잡거나
계곡은 다른 계곡을 버리거나

비가 내리는지 구름이 가로막는지
모른다, 바람의 재주인지 저주인지

끝이 없다는 것과 끝을 모른다는 것 말고는
계곡이 계곡인지 아닌지도
모르는 채, 모르면서

산책길 읽기

체육시간에는 책 없이 진도를 나아가는 법이지만,

보는 것이 임자라고 아스라이 안겨오는 미술책
벚꽃이 눈웃음을 스케치하고 참나무가 하늘에
연두색 노래를 듬성듬성 붓질이다

나무 그늘 사이에서 바람이 넘겨보는 음악책
참새 딱따구리 장끼 모두 제 악보를 물고 가는데

도덕책의 나무들 모두 제자리 지키며 하늘을 본다
어깨를 내준 놈은 있어도 등 떠미는 놈은 없다

갓바위 선녀바위 수리바위 제각각 소설책
장편의 주인공들 숨 가쁘게 배경을 밟고
복선을 뒤적이면 사건도 짜임도 스틱을 비껴간다

산에 와서 책 읽는 게 산책이라고 적으려는데

바람이 메모장을 빼앗아 빈산으로 달아난다

우산행

이어지는 빗길을 들추며 숲속을 걷는데

비는 자석인 양 고집스레 달라붙는다

날아가는 참새를 산탄으로 공격하고 그악스러운 매미 소리
진압했지만, 비는 나를 끌어안지도 넘어뜨리지도 적시지도 못
한다

우산은 비를 맞으며 가지만, 나는 비를 즐기지

우산의 발에 매달려 따라가는 발자국

우산은 넓은 어깨로 나를 감싸며 걷는다

우산 찾아 종일 끝나지 않는 길을 헤매고 있다

남산의 주사 놀이

하늘아, 엉덩이 옷 좀 내려!
남산이 서울타워로 하늘에 주사를 놓는다
붉은 피 가득 담긴 혈액주사* 구름 옷 내린 자리
폐암인지 진폐증인지 사정없이 찌른다

뚫린 자국 송신 회로
볼기짝의 동그라미 너무도 붉다
몸에 걸친 피 묻은 속옷과 휴지조각
지구가 보내는 소식 접수했다는 노을

철갑 소나무 푸른 가운의 목면신은 투약을 멈출 수 없다
이제 곧 핵겨울의 병상에 쓰러질 텐데
안중근 의사도 간호사 백범도 거들고 있다

— 놓자 놓자 주사 놓자 숨 가쁜 우주
— 봉수대야, 세상의 모든 묘약 집합시켜라
— 소월의 '산유화' 피울래, 안 피울래?

* 미세먼지가 많은 날은 서울타워가 붉게, 적은 날에는 파랗게 불을 켠다.

종무소식

두 다리 사이가 늘 궁금해요

양쪽의 강 언덕은 이 봄에도
속정 마른 풀들이 푸릇푸릇 돋았는지
언덕 사이의 강물은 지금도 희푸르게 흐르는지
강물 위의 노 젓는 사공의 손길
아직도 차디찬 아리랑만 쓰다듬고 있는지
밤이면 달을 싣고 낮이면 해를 안고
멍청한 사랑에 빠져 손가락으로 휘젓고 있는지
강물 위를 내다보며 뻐끔거리는 누치의 혀는
끝 모를 그리움으로 다리 밑만 핥고 있는지

한강다리와 대동다리 사이가 늘 막막해요
십년에 한 개씩이라도 '맘대로' 나 '똑같이' 라는
아주 작은 알이라도 낳기는 하는 건지
둘 다를 낳을 수 있는 다리와 다리 사인데
끝까지 아무것도 낳지 못하는

개다리 닭다리 사이도 그렇게 멀지는 않을 거예요

진달래와 다릅나무

활짝 꽃 피운 진달래는 잎도 덜 나온 손으로
자는 듯이 귀여운 다릅나무의 햇순을 쓰다듬으며
스무 해를 모아온 따사한 젖을 물렸습니다

열 살이 다 된 다릅나무는
여름의 뜨겁고 억센 손을 잡은 그 손으로
더는 크지 않는 엄마의 머리를 가볍게 누르며
산봉우리를 안은 하늘로 늠름하게 걸어갑니다

손때 묻은 어미의 손을 뿌리친 다릅나무는
진달래와 씨가 달라서 큰키나무입니다
진달래는 씨가 다른 줄 모르고 모든 걸 내준 거지요

사랑은 속지 않고는 이루어지지 않는다,
다름을 모르는 게 병이라고, 바람이 눈물 섞네요

떠나는 가을비

가을비가 온종일 고개를 빠뜨리고 산을 헤맨다
바람은 그를 몰아 단풍잎 몰살작전 중이다
맨몸으로 런웨이를 걷는 참나무 군상들
뻔뻔하게 가을비를 찍어 눈물 바른다

산사나무가 매혹적인 붉은 영혼을 가득 짊어졌다
탱자나무가 노란 생각 가득 안고 가시망을 쳤다
폭탄머리의 늙은 늑대와 누런 이빨의 멧돼지가
둘을 함께 나누어 먹어야 한다고, 아니
각자 자기 것 마음대로 먹어야 한다고
가위 바위 보 놀이로 각자의 주장에 목숨을 건다

작년에 하던 다툼을 아직도 하고 있다

가을비는 늙은 소나무 만나 눈물 섞다가
사전에서 탈옥한 평화와 손잡고 먼 산으로 떠난다

타향살이

 벼랑 위 삼지구엽초를 잡으려다 오빠가 떨어져 죽었다네, 이내 누이도 뛰어내리니 피 묻은 통곡산 소나무가 안도 밖도 붉게 물들어 금강소나무가 되었다지. 금강소나무는 망양정에 성큼 올라 망망대해 바라보다 뒤로돌아 십이령길 넘어가는데 천축산 부처바위가 연못 속에 거꾸로 얼비치니 불영계곡 소나무들 모두 다 붉어지네, 어허라 넘어간다, "미역 소금 어물 지고 춘양장은 언제 가노 – 서울가는 선비들도 이 고개를 쉬어 넘고",* 선질꾼 산양영감 흥을 먹고 한을 삼켜 금강소나무와 응얼응얼 몸을 합치는 백두대간 바람바람 바람 타고 팔려가네, 임 계신 곳 당도하여 궁이 되고 성이 되어 나라를 지키는구나. 에라, 팔이 꺾이는구나 어라, 허리가 찔렸구나 뭐라, 허벅지에 총 맞았네 에구구, 정형수술 성형수술 모두 다 소용없네 수백 년 지나가도 이네 내장 노랗게 익지를 않는구나. 황장목** 가풍은 온 데 간 데가 없구나, 팔려갔던 금강소나무 원혼들이 돌아와 사랑바위 전설에 엉기어 천년만년 끌어안고 놓지를 않는구나, "꼬불꼬불 열두 고개 조물주도 야속하다", 금강 금강 금강소나무 소슬바람에 춤사위가 이냥 붉다

*" " 부분은 민요 「바지게꾼 노래」 일부를 따옴.
**황장목(黃腸木) : 금강소나무가 오래 되면 속고갱이 부분이 누런빛을 띠게 되는데, 이는 우수한 건축재로서 궁궐축조 같은 데 쓰인다.

그린란드에 관한 어린 독법

북아메리카 북동부 대서양과 북극해 사이
초록 아닌 초록의 땅
한반도 전체의 10배나 되는 세계에서 가장 큰 섬
인구는 겨우 5만 명 남짓해서 거의 비어 있는 섬

스칸디나비아의 바이킹들은 이 거대한 땅을 발견하고
많은 사람들을 이곳으로 불러 모으기 위해
그린란드(Greenland)라 부르며 꾀었다
그래봤자 영원처럼 비어 있는
대륙이 될 수 없는 숙명을 업고 혼자 떠 있는

겨울 평균기온이 남쪽에서는 −6℃이고 북쪽에서는 −35℃
7월 평균기온이 7℃인, 그래서
85% 정도가 얼음나라인 땅
칼바람끼리 목숨 걸고 춤추는 섬

얼음으로 덮이지 않은 곳에는 약간의 왜소한 관목뿐

북극곰을 비롯한 육지 포유동물도 고작 그뿐
바다에는 물범과 고래, 강에는 연어와 송어가 있을 뿐
텅 비어 두려움 가득한
세상의 어린 사람들에게 낯설고 그리운

처녀치마 찍기

올봄 내내 몸이 달아 눈부처 심어 둔
새파랗게 젊은 처녀치마 꽃입술을 오늘은 찍겠다고
왕산사* 뒤쪽 그녀의 아늑한 처소로 간다

입술을 아예 목구멍 속으로 숨기고
아직은 안 된다고 녹색치마 깔고 버티고 있네

꽃마리보다 실한 참꽃마리
바람아 불어라 꿩의바람꽃
개울 건너 큰개별꽃
모두 눈웃음으로 카메라 다투어 부르는데

치마가 다니까 치마를 찍었으면 됐지
왜 꽃까지 찍으려 욕심을 내느냐고
그냥 내려가라고 '꽃' 자가 없는 이름표를 내민다
── 처녀치마

* 왕산사 : 포천시 왕방산에 있는 고찰.

104

꾀

너를 막아야 내가 산다고
그놈의 둘레와 깊이를 미리 알아내고
넘어트릴 묘수를 이 악물고 찾으면서

이쪽도 아니고 저쪽도 아닌
찾기 어려운 그 길을 헤매면서

오백 년 넘게 천태산을 지켜온 은행나무 붙들고
믿어보고
빌어보고
배워보지만

빈 하늘에 흰 구름만 일어날 뿐

아는 것보다는
슬기로워야 한다는 가르침
안고 달래고 우러르며 살아왔는데

노들섬

어느 때는 강물을 타고 노들섬이 내려간다
어느 때는 거센 물결 헤치며 거슬러 오른다

강물은 심한 장난꾸러기
아니면 노들섬이 한심한 장난꾸러기

커다란 배인 양
강 가운데 큰 몸을 둥실 띄우고
그렇게 쉬지 않고 밀고 당기던 물살은
도대체 무엇이었나

아직도 한강대교 다리 힘껏 붙잡고
그 자리 못 떠나고 허우적거리는

노 저으며 다시 찾아왔는가
백로가 노닐던 징검돌 그 시절
돌아갈 수 없는 모래 언덕

가슴에 깊이 품고 바장이는가

낮달

아직 달맞이꽃 곤히 잠들어 꿈을 꾸는데
아직 서쪽으로 붉은 이불 펴기도 전인데

해님 같은 사랑을 잡겠다는 춘향을 향한
이도령의 흐릿한 배신이다

하늘 같은 사랑을 말하기엔
너무나 방정맞은 월매 아닌가

구름 같은 사랑을 좇는 바람에 올라탄
방자의
숨가쁜 안달이냐?

아니
끝내 사랑을 앞당기는 향단이의 앙큼한 고집

서로에게 보내는 희미한 미소다

제 **5** 부

첫음절 받기 놀이

불철주야

　강아지와 나 사이의 옹달샘으로, 바위와 나 사이의 낯익은 휘파람으로, 허겁지겁 내달리는 바람과 나 사이의 땅땅 치는 판결문으로, 이역에서 흔들리던 손수건과 나 사이의 마찰음으로

　꽁꽁 언 얼음 위 개리의 붉은 발가락과 나 사이의, 허리 꺾인 신문의 눈동자와 나 사이의, 암말과 수탕나귀의 연애와 나 사이의, 마구 두들기는 포악 자판의 입력과 나 사이의, 예비 원폭피해자의 스크린방화셔터와 나 사이의, TV 시사 프로의 음험한 혀와 나 사이의

　불철주야 걷어차는, 불철주야 업고 가는, 불철주야 피 날리는, 불철주야 당기고 끌어안는, 불철주야 씹어 먹는, 불철주야가 끌고 온 불철주야가 입원하는, 응급차 소리가 불철주야를 태우고 불철주야 달리는,

첫음절 받기 놀이

개오동나무
개맥문동 개갓냉이
개쑥갓 개살구 개맨드라미

개호텔 개구멍 개목걸이
개상주 개자식 개장례식

개싸움 개미 개시 개죽음 개연성
개정판 개성공단
개각 개점휴업 개선장군

나열에 앉지 마세요
개팔자

똑똑한 문장들의 거리 두기

엉덩이가 계곡 물소릴 뒤로 뿌리치면서 능선에 오른다
비접촉식 체온계로 허락받고 들어설 수 있는,

보이지도 들리지도 않는 오솔길에 붙어사는 조사

달뜬 동사가 바람을 타고 형용사를 달콤하게 부르면

잔잔하게 스미는 숲의 색깔까지 마구 섞어보는 서술어

아마 며칠 후 지친 벚나무가 검붉은 젖꼭지
엄마처럼 수없이 꺼내놓고
남산이 날 부를 것 같다며 부사가 저 혼자 바쁘다

택시가 KTX를 잡아먹고 화살처럼 달아나면
아빠의 입속에 아자차카타파하를 침투시키는 주어

양말 속에서 땀 흘리는 발의 하소연 종일토록 까먹으면서

이름 바꾸기 놀이 · 1

— 타화상(他畵像)

원관념 A를 보조관념 B로 바꾸는 놀이입니다
오늘의 A는 '서범석' 입니다. 자, 시작!

큰 나무-30미터 이상은 돼야지-백 미터예요(ㅋㅋ)

한약-몸 건강하게 하는?(무노동엔 무임금)

가로등-앞길 환하게?-네!(배터리가 없어 미안)

스프링-상상력이 좋아서?-네!(근대 구라여)

안경-잘 보게 해 줘서?(내 앞도 못 본다니까)

개론서-지식이 많아서?(그래, 딱 그 수준이야)

주전자-지식을 나눠주는?(젊어서부터 술 주전자지)

시인-그건 바꾼 게 아니잖아(아! 시인도 못 되는구나)

　　　—일동 폭소로 강의실은 흔들린다—

호랑이-무섭다고?(짐승. 진짜를 보았구나)

도마뱀-꼬리를 자르고 도망가니까(너, 좀 익었구나)

기타 **핸들, 샘물, 친구, 다리, 열쇠, 북극성** 등등
(오늘수업 가면놀이/서범석은 위선자/멧돼지가 나의 바람)

이름 바꾸기 놀이 · 2

― 학교

물음표입니다. ―왜요?
몰라서 찾아오지만 그대로 모를 뿐.

목차이지요. ―무슨 뜻인가요?
제목만 보여주면서 내용은 낙장입니다.

자동판매기예요. ―어째서?
돈 없으면 못 사고요, 돈 넣어도 똑같은 것밖에 없어요.

PC방입니다. ―와이?
정보는 많은데 각자 자기 것만 긁어갈 뿐입니다.

뭐니 뭐니 해도 기차입니다. ―으응?
모든 승객이 다 같이 옮겨지고 있어요.

사자입니다. ―네에?
무서워서 더 이상 살 수가 없네요.

이름 바꾸기 놀이 · 3
— 사랑이란?

이에, 사랑아. 우리 한번 바꿔 놀자.*

아이고, 부끄러워 그건요 **봄**이에요,
따뜻하니 더욱 좋다, 너와 나의 **뿌리**구나
뿌리라면 **팽이**지요, 쓰러지지 않아요
그렇다면 **약**이구나, 무병장수 이 아닌가
평생 쓰는 **안경**이요, 백년해로 왜 아니오
쓰면 도는 **돈**이구나, 내가 주면 너도 주네
불 붙었오 꺼 주시오, 아니 불멸 사랑이오
그렇다면 **물**이에요, 없으면 내가 죽네
그렇구나 **기차**구나, 유턴할 수 바이없네
이말 저말 모두 **연극**, 진짜 곧 가짜 세상

이때, 사탕발림 입에 물고. 촛불을 끄는디.
사랑사랑사랑 내 사랑이야 어허—둥—둥 내 사랑.

* 판소리 『춘향가』 중 「사랑가」 첫 부분 아니리 흉내예요. 맨 끝부분도 흉내요.

상상놀이 · 1
─ 성이 바뀌면?

남성인 자신이 여성으로 바뀐다면 무얼 할까?
― 남자 친구 사귀고 싶어요
― 화장을 맘대로 하고 싶어요
― 치마를 입고 싶어요, 예쁜 옷도요
― 저랑 비슷한 사람과 결혼할래요
― 결혼 일찍 해서 웨딩드레스 입을래요

여학생들에게 물어 봤다
― 농구를 하고 목욕탕에 가겠어요
― 근육 만들기에 열중할 거예요
― 여자 친구 사귀고 싶어요
― 집안에서 윗옷 안 입고 돌아다니겠어요
― 남자 친구 사귈래요

뭐야, 다 지금도 할 수 있는 것들이잖아
까닭 없이 남을 부러워하는
가능을 불가능으로 착각하는
귀여운 우리들의 황당한 거울시대

상상놀이 · 2
— 한 알로 평생 사는 약이 있다면?

식사로 죽일 시간을 자는 시간으로 살려야지
먹는 시간도 아까운 일벌레들
그 약 팔아 돈을 벌고 돈 벌어서 행복 사겠어
아함, 행복까지 살 수 있는 요술카드지
생각할 필요 있나, 일단은 먹고 볼 일
먹고 먹고 또 먹고 모두가 큰 먹보지
헤헤헤, 살 빼는 고생 없이 새 세상에 날겠네
반만 쪼개 먹고, 식도락 여행이나 해야죠
경매에 붙여서 더 맛있는 시간 살래
보지도 듣지도 못한 황홀경은 얼마짜리일까

바람이 웃는다 구름이 웃는다 이슬이

강아지에게 던져 줄까 갈매기에 날려 줄까

에헤, 해로워요 아무도 못 찾는 곳에 결단코 버려야죠

상상놀이 · 3
— 3개월 시한부 인생이 된다면?

혼밥 혼술 혼잠 어차피 혼자인데 혼자 여행?
혼자 갈 수 없다네,
서둘러 결혼하여 짝꿍과 함께 갈까?

여행은 시간을 함부로 베어 먹지
끝을 볼지 모르지만 쓰고 싶은 장편소설이나
피 뽑고 살 태워서 만들어 볼까?

너무도 아득하다 정신이 혼미하다
몇 집 될지 모르지만 맛집 탐방 나서 볼까?

왜인지는 묻지 말고 사진이나 많이 남겨?
어차피 간다면 사랑이나 키워 볼까?
그래도 갈 거라면 내 손이 약손?

선박 면허 후딱 따서 멀리멀리 항해하기
미워했던 친구 만나 뭘 하면 좋을까?

역설놀이 · 1
— 영월(寧越)

영월군은 한반도 전체보다 면적이 넓다
'한반도면'에다 2읍 6면이 더 있으니까

아니다, 그보다 훨씬 더 큰 고을이다
한반도와 똑같은 전설의 지형 하나 더 있지

그래서 사람들은 넓은 땅을 소유한다
김삿갓이 면 하나를 차지하고 있잖아*
그러니까 한 사람당 52만평쯤 되지

그런데 편안하게[寧] 넘지만[越] 돌아오기 어렵다
단종 원혼이 아직도 흐르는 청룡포를 보면 알지
아직도 강을 붙잡는 그 눈을 두고 어떻게 떠나

그래도 방랑 가객의 뒤꼬리 잡으면 풀려난다지
동강으로 장릉으로 어라연으로 돌다보면
산도 강도 못 말리는 천의무봉(天衣無縫)의 노래!

* 영월에는 '김삿갓면'이란 행정구역이 있다. '한반도면'도 있고.

시를 찾으려면

달근달근하게 꾀어내는 무한다면체의 슬기구멍이야
끝까지 떠날 수 없는 문화의 땅에 사는 나는 시야

사람의 머리와 가슴을 언제나 끌어안고
모음과 자음으로 맞추고 바꾸고 비틀면서
소리와 섞어 끌이고 볶고 지지고 굽고 데치는 인생의
자유특별시(自由特別市)

꼭 집어서, 앞장서서, 의미의 시간을
숨결로, 무늬로, 느낌으로
주고, 받고, 나누면서 예뻐지는
그러면 저절로 사원에 앉으시는 영혼들이 향기로운
언어구(言語區)

자르고 접고 붙여서 없는 새로움을 만들어 내는
동짓달 기나긴 밤의 허리를 잘라 이불 아래 감춘 시간을
높은 이자 쳐서 봄밤에 꺼내 쓰는 황진이도 사는 마을
예술동(藝術洞), 놀이마당으로 놀러 와

그림 「네덜란드 속담」* 그림

혼전동거 여자와 남자가 다락방에서 입술을 포개고
"빗자루 아래서 결혼하다"를 쪽쪽 빨아 삼킨다
강에서 맨손으로 쉽게 뭔가를 끌어 올리는 남자
"그물 없이 물고기를 잡다"를 가뭇없이 분실한다
한쪽 신발 한쪽 맨발인 남자가 몸으로 밀어붙이겠다고
"벽돌 벽에 머리 박다"에 나약한 척 저항한다
하염없이 닭을 붙잡고 시간을 잡아먹는 남자
"나올 생각도 않는 알을 기다리며 새를 붙잡고 있다"를 외면
한다
삽을 든 남자가 열심히 흙을 파서 시간 속에 묻는다
"송아지 빠져 죽은 뒤에 웅덩이 메운다"가 우회한다
지팡이 남자의 희망을 뭉갠 빨간 드레스가 바람피운 뒤처리
"남편에게 파란 망토 입히기"를 벗어 버린다
여자는 헛간에서 달걀을 잡으려고 예쁜 손을 내민다
"달걀 잡으려다 거위 알 놓치기"가 그 손을 거부한다
남자는 세상사 다 싫다고 창틀에서 바지를 벗으며
"지구본 위에 똥 누기"를 올려 입는다

* 네덜란드의 화가 피터르 브뤼헐의 작품(1559년, 오크 패널에 유채, 117×163㎝, 베를린국립미술관 소장)으로 인간의 어리석음과 기만을 꼬집는 100가지 속담이 시골 마을에서 벌어지는 일상 속에 녹아 있는 그림.

말놀이로서의 시 전략
― 서범석의 『놀부 놀이』

전 기 철

(시인 · 문학평론가)

말놀이로서의 시 전략
― 서범석의 『놀부 놀이』

전 기 철
(시인 · 문학평론가)

1

혼돈의 시대에서는 발신자의 의도가 수신자에게 그대로 전달되지 않아, 하나의 발화는 수신자에게 왜곡되어 전달된다. 단어는 단어대로, 문장은 문장대로 본래의 뜻을 잃거나 배열이 잘못되어 발신자와 수신자의 관계가 언어 때문에 비틀려지기 십상이다. 이러한 시대에 언어는 기호와 의미 사이의 관계가 비정상적으로 비틀리거나 파생을 일으켜 변태적이게 된다. 이와 같이 언어가 본래의 기능을 상실할 경우 그 언어 사회는 심히 혼란에 빠진다. 주체와 사물, 주체와 수용자 사이의 관계가 정상적인 관계를 유지하지 못하기 때문에 사회는 불신이 팽배하게 되고 가치는 혼란에 빠진다. 이러한 혼돈은 말에서 왔다기보다는 변태적인 사회에서 비롯한다. 부정과 부패로 인해 인간관계가 왜곡되어 관계를 이어주는 말은 정상적인 역할을 하지 못한다. 기호와 의미가 직접적으로 연결되지 못해 기호는 기호대로 의미는 의미대로 따로 놀아 말은 겉과 속이 달라지고 의미론적 파생이 심화된다. 이러한 말은 발신자와 수신자의 관계를 정상적으로 이어주지 못하고 일방적이거나 속이는 도구로 사용된다.

말이 대화를 통해 정상적으로 전달되지 못한 시대에 시인은 어떻게 말해야 하는가? 진지한 의도와 목소리를 정상적으로 수용하지 못하는 사회에서 시인은 어떤 목소리를 내야 하는가? 이에 대한 고민과 실천을 모색하는 시인이 서범석 시인이다. 먼저 시인의 서문격인 「독이 든 알을 감춘 사랑의 기술」을 읽어보자.

일방적으로 틈입하는 바람난 불법광고도 허락하는/TV 시사 프로의 음험한 혀와 나 사이의/쏟아지는 웃음에 발 걸고 사진 찍기/등반대회에서 꼴찌 박수를 받아 마시던/머지않아 없어져 하나가 될 둘을 데리고/온기를 찾아 뒤돌아보는 액션은 뒤뚱거리지만/날마다 깨어나는 두려움의 시간에 한 번도 같이한 적 없는 당신/갈라서는 삼거리길은 많이도 있을 것이다/바람결에 꽃길로 굴러가는 비겁한 발자국 하나/더하기와 곱하기보다 빼기와 나누기에 목숨을 거는/잡아야 하는 잡을 수도 없는/끝이 없다는 것과 끝을 모른다는 것 말고는//사전에서 탈옥한 평화와 손잡고 먼 산으로 떠난다

　　몰래 '틈입하'고 '음험한 혀와 나 사이'에 쏟아져 '날마다 깨어나는 시간에 한 번도 같이한 적 없는 당신'을 깨닫고 '비겁한 발자국 하나'에서 '더하기와 곱하기보다 빼기와 나누기에 목숨을' 걸어, 말이 '사전에서 탈옥'하고 말았다고 시인은 본다. 사랑을 말하지만 그 사랑이라는 말 속에는 독이 든 알이 들어 있음을 깨달은 시인은 시에서 말의 문제를 전략적으로 집요하게 물고 늘어진다. 오직 말의 전략이다. 전략을 갖지 않은 말은 타락한 말과 다르지 않기 때문이다.

　　우선 시인이란 어떤 위치에 있으며 어떤 역할을 하는가를 그는 따진다. 그에 의하면 시인은 무엇보다도 한 시대의 언중일 수밖에 없지만 분노할 줄 안다.

시간의 밧줄에 묶여 끌려가는 시인이 울부짖는다
시내버스를 머리로 받아치며 막이 내린다

— 「분노의 무대」 일부

비록 '시간의 밧줄에 묶여 끌려가'지만 '울부짖'으며 '머리
로 받아칠' 줄 아는 이가 시인이라고 그는 본다. 한 시대의 언
중(言衆)에 속한 시인은 그 시대의 말을 쓸 수밖에 없지만 그
말들의 문제점을 신랄하게 지적하고 비꼴 줄 알아야 한다. 여
기에서 지적하고 비꼰다는 의미는 비판하는 뜻이라기보다는
무게를 확 줄이는, 놀이 도구로 삼는다는 뜻이다. 왜냐하면 시
인은 말을 제대로 바라볼 줄 아는 자이기 때문이며, "시인의 수
퍼 울트라 망원경은 할부로 구매되지/계단을 박차고 떠올라
완성하는 무제한의 드론"(「'보다'의 계단 놀이」)이기 때문이
다. 따라서 그는 시인을 한 시대를 내려다볼 수 있는 지혜를 갖
고 있는 자이며, 시는 지혜의 놀이마당이어야 한다고 본다.

달근달근하게 꾀어내는 무한다면체의 슬기구멍이야

130

끝까지 떠날 수 없는 문화의 땅에 사는 나는 시야

— 「시를 찾으려면」 일부

　비열하고 약은 사람들이 서로 속이는 정글에서 시는 '슬기구멍'이며, 시인은 이를 통해 정상적인 인간관계에서 오는 문화의 지킴이라는 걸 그는 인식한다. 이러한 문화의 보루로서의 시는 어떻게 정의할 수 있는가? 따라서 시란 '사람의 머리와 가슴을 언제나 끌어안고/모음과 자음으로 맞추고 바꾸고 비틀면서' 이룩한 '영혼들이 향기로운 언어구(言語區)'이다. 다시 말하면 부조리한 시대에 시는 기존의 말들을 다시 재단하고 편집하여 새롭게 만들어야 한다.

　　자르고 접고 붙여서 없는 새로움을 만들어 내는
　　동짓달 기나긴 밤의 허리를 잘라 이불 아래 감춘 시간을
　　높은 이자 쳐서 봄밤에 꺼내 쓰는 황진이도 사는 마을
　　예술동(藝術洞), 놀이마당으로 놀러 와

— 「시를 찾으려면」 일부

이렇게 기존의 말들을 재단하고 짜깁기하고 나누고 베어내서 말을 새롭게 만들어내는 '놀이마당'이 곧 그에게는 시이다. 이는 하나의 지적 전략이며 시적 전술이다. 언어를 진지하게 쓰기보다는 놀잇감으로 쓸 경우 말이 가지고 있는 왜곡된 전달 매체로서의 역할은 반감된다. 말을 전달 매체로 사용하거나 미적 표현 매체로 사용하기보다는 공기놀이나 고무줄놀이처럼 놀이로 삼는다면 세계를 표현하고 의사 전달을 하고 미적 표현의 매개체로서의 언어는 재고되지 않을 수 없다. 이것이 시인이 추구하는 말놀이로서의 시의 전략이다.

2

서범석 시인은 진지하고 가슴 찡한 말투보다는 냉소적이면서 장난기 많은 말투로 시를 쓴다. 왜냐하면 그는 진지하거나 감성적인 말투는 왜곡된 언어마당의 세계를 드러낼 수 없기 때문이다. 그에게 언어는 전달의 매개체가 아니라 그 자체 사물성을 지니고 있어 놀이의 도구이다. 단어나 문장은 발신자와 수신자 사이의 매개체가 아니라 던지고 받는 놀이 도구이다. 언어가 사물성이라는 도구가 되어 대화의 주체나 객체 사이에 주고받는 기구이다.

혼전동거 여자와 남자가 다락방에서 입술을 포개고
"빗자루 아래서 결혼하다"를 쪽쪽 빨아 삼킨다
강에서 맨손으로 쉽게 뭔가를 끌어 올리는 남자
"그물 없이 물고기를 잡다"를 가뭇없이 분실한다
한쪽 신발 한쪽 맨발인 남자가 몸으로 밀어붙이겠다고
"벽돌 벽에 머리 박다"에 나약한 척 저항한다
하염없이 닭을 붙잡고 시간을 잡아먹는 남자
"나올 생각도 않는 알을 기다리며 새를 붙잡고 있다"를 외면한다

— 「그림 '네덜란드 속담' 그림」 일부

  비록 네덜란드 화가 피터르 브뤼헐의 그림을 묘사하고 있다
고 하지만 제목에서부터 '그림'이라는 말을 일부러 두 번 사용
하여 말을 장난스럽게 하고 있기도 하지만 무엇보다도 하나의
문장을 대상으로 다시 그 장면을 표현하는 사물로 보고 있다.
'빗자루 아래서 결혼하다'라는 문장이 하나의 그림 장면이기
도 하지만 하나의 사물이기도 하다. 그래서 그 문장을 목적으
로 하여 '쪽쪽 빨아 삼킨다'를 서술어로 놓고 있다. 이와 같은
예는 「놓치면」에서 "놓치면을 사서 놓치면을 팔며 놓치는"에서
도 보인다. 이는 말이 하나의 매개체로서의 역할보다는 놀이의

도구가 된 데에서 기인한다. 그에게 세상의 부조리는 말의 왜곡으로 나타나며, 그 말은 뒤죽박죽 놀잇감으로 삼아야 그 부조리한 왜곡을 똑바로 볼 수 있다. 이런 인식으로 인해 말은 머릿속이나 가슴 깊은 곳에서 우러나오는 의미 충만한 내용을 갖지 못하고 놀잇감으로 바뀐다. 그렇게 되면 음험하고 부조리한 말들은 제 역할을 상실하고 우스갯감이 되고 만다.

그래서 말투는 매우 냉소적이다. 화자는 비아냥거리고 반문하고, 말장난한다. 말의 무게 중심을 덜어내기 위한, 화자의 의도에 의문을 제기하기 위한 전략으로 냉소적인 말투를 채택한다. 그렇게 될 경우 말은 본래의 뜻이 뒤죽박죽되어 전달 매체로서의 기능을 상실한다.

삶은 계란이지요
…(중략)…
온탕 냉탕 산전수전 다 겪은 끝에
그래서 목숨의 낌새까지 흔적 없이 사라진
그래도 멀쩡한 얼굴로 버텨야 하는 계란이지요
그래봐야 이삼일 안에 껍질이 깨지고
…(중략)…
먹히고 또 먹혀도 그뿐인

씹어도 씹혀도 목마르고 팍팍한

썩은 향기로 머리 풀고 흩어지는

삶은계란이지요

—「삶은계란」 일부

  삶은 계란이라는 이중적인 의미의 말놀이를 통해, 삶을 희화화할 뿐만 아니라 '그래봐야' 라든가 '뿐'과 같은 비아냥거리는 말투로 일반적인 의미를 이중적으로 배열하여 의미의 중심을 무너뜨리고 있다. 이는 중심을 해체하기 위한 전략이다. 그렇게 문장이나 단어의 정상적인 배열이나 서술을 무너뜨려 우리 시의 오랜 전통인 우아미, 비장미를 해체한다. 다시 말하면 그 동안 우리 시단의 중심 미의식을 무너뜨림으로써 새로운 미적 감각을 보여주려는 게 시인의 전략이다. 그것이 곧 전략적 말놀이다. 이와 같이 냉소적인 말놀이의 방법은 반복, 나열, 연상, 중의성, 동음이의어, 반복, 패러디, 문장 오류 쓰기, 문장부호의 강조, 말 뒤집기 등 여러 가지 방식을 동원하고 있다. 혹은 단어만으로 된 말 쓰기나 잘못된 띄어쓰기, 병치 등의 방법도 쓰인다.

1)가난한 화가가 죽어서도 품고 있던 볼펜의 똥을

　사막 한가운데를 향해 놓치는

　올해에도 봄바람에 꽃 피는 때를 놓치는 풀 한 포기 붓끝에

서 놓치는

　손톱이었나 손목이었나 하루마다 놓치는 발목인가 발톱인가

　나를 쳐다보던 너의 눈빛인가 이마의 주름인가

　한 번도 잡아볼 수 없는 한 번도 잡아보지 못한

　단단하지도 부드럽지도 않은

　잡아야 하는 잡을 수도 없는

　놓치면을 사서 놓치고를 팔며 놓치는

　　　　　　　　　　　—「놓치면」 일부

2)개오동나무

　개맥문동 개갓냉이

　개쑥갓 개살구 개맨드라미

　개호텔 개구멍 개목걸이

　개상주 개자식 개장례식

　　　　　　　　　　　—「첫음절 받기 놀이」 일부

3)이에, 사랑아. 우리 한번 바꿔 놀자.

　　아이고, 부끄러워 그건요 봄이에요,

　　따뜻하니 더욱 좋다, 너와 나의 뿌리구나

　　뿌리라면 팽이지요, 쓰러지지 않아요

　　그렇다면 약이구나, 무병장수 이 아닌가

　　평생 쓰는 안경이요, 백년해로 왜 아니오

　　쓰면 도는 돈이구나, 내가 주면 너도 주네

　　불 붙었오 꺼 주시오, 아니 불멸 사랑이오

　　그렇다면 물이에요, 없으면 내가 죽네

　　그렇구나 기차구나, 유턴할 수 바이없네

　　　　　　　— 「이름 바꾸기 놀이 · 3 — 사랑이란?」 일부

4)철갑 소나무 푸른 가운의 목멱신은 투약을 멈출 수 없다

　이제 곧 핵겨울의 병상에 쓰러질 텐데

　안중근 의사도 간호사 백범도 거들고 있다

　— 놓자 놓자 주사 놓자 숨 기쁜 우주

　— 봉수대야, 세상의 모든 묘약 집합시켜라

137

— 소월의 '산유화' 피울래, 안 피울래?

— 「남산의 주사 놀이」 일부

5)놀다가 해가 지면 엄마 품으로 돌아오라

　—매일매일 방학하는 방학역에 내려야지
　＊이놈아 정신 차려, 방아 찧는 동네야
　—길한 소리 좋은 소리 길음역에 갈 테야
　＊그래그래 하루 종일 물소리 좋다지만…
　—고운 여자 순이 사는 군자역으로 갈거나
　＊미친 소리 하지 마라, 왕비 아들 순산한 곳
　—답답할 땐 마장역에 승마하러 가야지
　＊목마장 있던 곳, 버스 터미널도 떠났다
　—목마르니 옥수역 눈 아프니 약수역

— 「매일 내리고 싶은 역」 일부

6)식사로 죽일 시간을 자는 시간으로 살려야지
　먹는 시간도 아까운 일벌레들

그 약 팔아 돈을 벌고 돈 벌어서 행복 사겠어

아함, 행복까지 살 수 있는 요술카드지

생각할 필요 있나, 일단은 먹고 볼 일

먹고 먹고 또 먹고 모두가 큰 먹보지

헤헤헤, 살 빼는 고생 없이 새 세상에 날겠네

반만 쪼개 먹고, 식도락 여행이나 해야죠

경매에 붙여서 더 맛있는 시간 살래

보지도 듣지도 못한 황홀경은 얼마짜리일까

―「상상놀이・2 ―한 알로 평생 사는 약이 있다면?」 일부

　1)의 경우, '놓치다'를 반복 연쇄하고 있으며, 2) 3)은 반복이며, 4)는 패러디의 예라고 한다면 5)는 동음이의어, 6)은 말 잇기의 예이다. 위의 경우 외에도 시집 거의 대부분이 약간의 차이가 있을 뿐 시 언어가 지닌 우아함이나 비장미를 조롱하고 패러디하여 기존의 시적 감각이나 미의식을 해체하고 있다. 따라서 시 속에 "네!"라든가 "뿐!" "ㅋㅋ"나 **스프링**-상상력이 좋아서?-네!(근대 구라여)(「이름 바꾸기 놀이・1」)에서처럼 진한 글씨체를 쓰거나 괄호, '-'와 같은 부호가 자유자재로 나타난다. 그에게 시의 언어는 아름답거나 우아한 말이 아닌, 별것

이 없고 모든 말들과 문장부호 들을 자유자제로 쓸 수 있는 매개일 뿐이다. 오히려 비시적인 문장부호나 말투를 씀으로써 기존의 시적 미의식을 해체할 수 있다고 여긴다. 제명(題名)에서 알 수 있듯 그는 시의 어법에 '놀부놀이'를 하고 있다. 그렇다면 시인은 왜 놀부 놀이를 하고 있을까? 이는 무엇보다도 세상의 모든 발화에 대한 의문을 제기하는 것이며, 어떠한 의도나 주장, 혹은 명제도 정식(定式)이 될 수 없다는 걸 말하고 싶은 데에서 비롯한다. 그래서 시인은 시 속에서 주체를 없애거나 최소화한다. 주체를 드러내면 자칫 의도를 드러내기 쉽기 때문이다. 이는 '놀부놀이'를 통해 주체를 비판의 자리에 내려놓고 대상과의 사이를 없앰으로써 주객, 혹은 발신자—수신자의 위치를 무너뜨리기 위한 전략이다.

3

　서범석 시인은 왜 시적 언어나 미의식을 해체하려고 할까? 그것은 무엇보다도 말의 타락에서 찾아야 할 듯하다. 말의 의미는 언중(言衆) 속에서 떠돌다 보면 본래의 의미나 의도가 타락된다. 떠돌아다니는 말은 발신자와 수신자 사이에서 틈이 생기고 마찰하여 왜곡되고 깎이고 덧붙여져 본래의 의미를 상실하여 껍데기만 남게 된다. 또한 말들은 사회적으로 문화적으로 틈입된 군더더기 때문에 타락할 수밖에 없다. 그래서 시집 속 5부의 '이름 바꾸기'를 수없이 해 보지만 본래의 의미를 찾을 수 없게 된다. 「상상놀이·1─성이 바뀌면?」에서 자신의 성을 아무리 바꾸고 싶지만, '착각하'고 '우리들의 황당한 거울시대'의 거울놀이에 불과하다. 그리고 「이름 바꾸기 놀이·1」에서 주체를 바꿔 보지만 채워지지 않는다. 그래서 자화상을 모색했지만 결국 타화상이 되고 만다.

　　　기타 **핸들, 샘물, 친구, 다리, 열쇠, 북극성** 등등
　　　(오늘수업 가면놀이/서범석은 위선자/멧돼지가 나의 바람)

　　　　　　　─「이름 바꾸기 놀이·1─타화상(他畵像)」 일부

　기호와 의미의 관계의 불확실성으로 의도가 무너져 발신자와 수신자의 소통이 불가능하게 됨을 시인은 인식한다. 그래서 시인 밖의 현실 인간인 서범석이 불쑥 나타나기도 한다. 그러므로 '놈!' '자식!' '계집' 등 비속어가 자유롭게 나타나고 풍자 또한 행간 사이에서 언뜻언뜻 비집고 나온다.

그렇다면 시인은 기존의 미의식을 해체하기 위해 시를 쓰는가? 해체 자체가 목적일까? 그게 아니라면 시적 어법이나 미의식을 해체하여 그가 지향하려고 하는 길은 무엇일까? 결론부터 말하면 중도(中道)이다. 시인이 해체를 통해 가고자 하는 길은 '사이', 곧 중도이다. 중도란 노자나 불교의 도(道)에서처럼 모든 것을 뭉뚱그려 더함도 덜함도 없는 길이다. 이러한 중도가 시인이 추구하는 길인지는 확실하지 않지만 분명한 것은 치우친 극단을 피하는 방법적 전략으로써 채택된 길이다. '향하다'라는 말이 도처에서 보이는 것도 시인이 분명 행동으로서의 걷기를 의도하고 있는 데서 비롯한다. 그가 향하는 곳은 중간 길이며, 빈 곳이며, 역설의 길이다. 그는 갈림길, '갈라서는 삼거리길은 많이도 있을 것이다'라고 전제하고, '무슨 걱정을 하는가'(「'사는 게'와 갈라서기」)에서처럼 그 길 위에 서는 것을 두려워해서는 안 된다고 여긴다.

　　난해한 모랫길을 딛어 중간을 걷는
　　동해물과 횟집거리를 두 어깨에 붙이고
　　모래 때문에 잡초 때문에 걷기 어려운 양쪽을
　　머리로 가슴으로 배꼽으로 잡아맨

　　　　　　　　　　　　— 「데크길」 일부

떠남은 곧 만남이 된다지만
검표원도 역무원도 보이지 않는 열차
기다리는 사람도 없는 곳을 향해 떠난다

—「대소원(大召院)」 일부

'중간을 걷'고, '양쪽을 머리로 가슴으로 배꼽으로 잡아맨' 상태에서는 떠남도 만남이 된다. 그곳은 텅 빈 곳, 곧 미지의 세계이다.

끝이 없다는 것과 끝을 모른다는 것 말고는
계곡이 계곡인지 아닌지도
모르는 채, 모르면서

—「계곡을 걷는다」 일부

얼음으로 덮이지 않은 곳에는 약간의 왜소한 관목뿐
북극곰을 비롯한 육지 포유동물도 고작 그뿐
바다에는 물범과 고래, 강에는 연어와 송어가 있을 뿐

텅 비어 두려움 가득한

세상의 어린 사람들에게 낯설고 그리운

　　　　—「그린란드에 관한 어린 독법」 일부

　끝이 없고 끝을 모르는, 그리고 '텅 비어 두려움 가득한' 그 곳이 곧 시인이 지향하는 중도이다. 거기에는 '그뿐'이나 '있을 뿐'인 판단 유보의 불완전명사로 대변되는, 어떤 명제도 성립이 불가능한, 텅 비어 고요한 자리이다. 이 자리에 이르기 위해서 부정하고 의문을 제기하고(「이름 바꾸기 놀이·2 —학교」) 반어로 표현한다.(「낮달」) 부조리한 말을 해체하기 위해 수많은 어법을 동원하여 그가 추구하는 길은 중도이다. 그 중도는 가운뎃길이 좋아서가 아니다 판단 유보로서의 텅 빈 곳이다. 그리고 판단 유보는 혼돈한 시대에서의 제3의 길을 모색하기 위한 전략이라고 봐야 할 것이다.

　　4

　초상 난 집에 가서 춤추기/불붙는데 부채질하기/해산(出産)

144

하는데 개(犬) 잡기/집에서 몹쓸 노릇하기/우는 아이 볼거리/갓 난아이에게 똥 먹이기/무죄한 놈 뺨 치기/빚진 사람의 계집 뺏기/늙은 영감 덜미 잡기/논두렁에 구멍 뚫기/호박에 말뚝 박기/패는 곡식 이삭 자르기/우물 밑에 똥 누기

위는 판소리 『흥부가』 속 놀부의 악행을 노래로 풀어낸 소리이다. 다시 말하면 놀부를 희화화하기 위해 벌여 놓은 놀부의 행위를 굿거리장단으로 엮은 사설이다. 그런데 판소리에서 놀부의 악행은 웃음을 자아내는 부분이지 놀부를 증오하도록 한 대목이 아니다. 왜냐하면 너무 과장되어 있기 때문이다. 사람들은 이미 약아서 남의 눈치를 보고 살아가는데 놀부는 전혀 남의 눈치를 보지 않는다. 사회적으로 보면 거의 바보 수준이라고 해야 할 것이다. 그래서 판소리 소리꾼이 놀부를 희화화하여 관객을 웃게 만들기 위해 사설은 계속 늘어난다. 이는 곧 웃음의 전략이다. 웃음을 통해서 판소리의 굿판을 벗어난 뒤 사람들의 가슴 속에 앙금을 남기기 위한 전략, 이것이 놀부의 악행 사설이기 때문이다. 이러한 웃음은 사설시조에서부터 판소리, 민요 등에서 흔히 볼 수 있는 기법이다. 이 웃음은 시니컬하기는 하지만 지적이며 비판적이지는 않다. 그러므로 시인의 위치는 위에서 내려다보는 하이앵글의 샷이라기보다는 함께 하는 로드무비의 샷이며, 대상과 그 대상을 바라보는 주체가 결

코 분리되지 않는 눈높이의 수평 앵글의 샷이다. 여기에는 시인도 독자도 함께 놀이에 참여하여 만들어내는 웃음이 있다.

서범석 시인의 이번 시집 『놀부놀이』도 이러한 전략의 하나에 속한다고 할 수 있다. 희화적인 웃음의 전략이다. 이는 「시인의 말」에서 인용한 요한 호이징아의 말에서도 알 수 있다.

모든 형태의 문화는 그 기원에서 놀이 요소가 발견되며, 인간의 공동생활 자체가 놀이 형식을 가지고 있다. 다른 문화 영역에서는 그렇게도 분명했던 놀이와의 연관성을 서서히 잃어버리는 반면, 시인의 기능만은 여전히 그 태어난 곳인 놀이 영역 속에 굳건히 남아 있다.

시인은 웃음을 지적 장치의 하나로 보기보다는 즐기는 놀이로 보려고 한다. 따라서 그에게 시는 말놀이다. 그 말놀이는 비판이나 지적하기 위한 장치라기보다는 함께 웃을 수 있게 하는 기법이다. 하지만 언어가 가지는 의미 영역 때문에 말놀이는 놀이 자체에 머물러 있지 못하고 끊임없이 시니컬한 풍자의 칼날이 언뜻언뜻 보인다.

바람결에 꽃길로 굴러가는 비겁한 발자국 하나

그냥 뒤따라가기로 합니다

오만 원짜리 지폐 굴리며 달리는 바람 발자국
개코로 냄새 맡고 꼬리 흔들며 따라갑니다

— 「아름다운 독재」 일부

'발자국'과 '그냥 뒤따라가기'를 말놀이로 배치하다가 결국
'개코로 냄새 맡고 꼬리 흔들며 따라갑니다'로 풍자하고 있다.
다음 시에서도 '모른다'고 반복하다가 결국 번복한다.

세상의 소식통과 책방들 탈탈 털어서 이름만은. 안다
COVID-19
웬수가 나를 몰라보도록 마스크 한 장에 운명을 걸고
막아서야 하는 두꺼운 어둠 속에서
그래도 늠름하게 두 눈을 부릅뜨고 이 땅에 서 있는데,

— 「끔찍한 사랑」 일부

시의 전반부에서 계속 모른다, 모른다 하다가 결국에는 '안
다'라고 하고 있다. 그것은 탈탈 털어서이지만 운명을 걸고 서
있어야 하는 데에서 온다. 「수신거부」나 「스트레스」, 「모래알
을 낳다」, 「어떻게 되었을까요」, 등에서도 이와 유사한 형태로
풍자가 나타난다. 특히 5부의 '이름 바꾸기 놀이'나 '상상 놀
이'에서는 눈높이의 평면 앵글로 말놀이가 심화되어 나타나
있다.

　서범석 시인의 이번 시집은 풍자문학의 영역에 속한다고 할
수 있다. 그렇지만 그의 시는 기존의 풍자문학과는 달리 놀이
자체에 최대한 방점이 있다. 지적이며 냉소적인 풍자도 있지만
그보다 훨씬 많은 부분을 놀이 자체에 할애하고 있다는 점이
이번 시집의 의의가 아닐까 싶다. 그리고 이는 우리 시대 문화
에 대한 시적 전략이라 하지 않을 수 없다. 그의 놀이 시는 기
존의 말투나 어법, 미의식으로는 더 이상 우리시가 말의 길을
찾을 수 없다는 인식에서 전략적으로 새로운 시의 길을 가기
위한 방법적 모색이라 할 수 있다.

시와소금 시인선 145

놀부 놀이
ⓒ서범석, 2022, printed in Seoul, Korea

초판 1쇄 인쇄 2022년 07월 11일
초판 1쇄 발행 2022년 07월 15일

지은이 서범석
펴낸이 임세한
디자인 유재미 정지은

펴낸곳 시와소금
출판등록 2014년 1월 28일 제424호
발행처 강원 춘천시 충혼길20번길 4, 1층 (우-24436)
편집실 서울시 중구 퇴계로50길 43-7 (우-04618)
팩스겸용 (033)251-1195 / 휴대폰 010-5211-1195
이메일 sisogum@hanmail.net
ISBN 979-11-6325-048-7 03810

값 10,000원